人類村子的

圖・文／姚念廣

小鬼怪葉羅

作者簡介 　／　姚念廣

姚念廣，1988 年生，跨域於藝文、理工、商業及法理，數次榮獲出書、獎項及報導，創作曾受《航海王》活動方推薦；因減重 24kg、險失明後出書圓夢及在 flyingV 辦公益環島而被稱「熱血奶爸作家」，追求人生樂活卓越。

著有：《那半年，我減了 24 公斤》、《星座學園上課了！》及《好看好學的簡筆畫 1：打怪收妖篇》。

聯絡作者：rufu90229@gmail.com

這天天氣晴朗，

一個婦人前往河邊洗衣，

發現河裡有一個大木桶朝她漂了過來。

桶中有個黃皮膚的寶寶和信，
信上說寶寶名為葉羅。

婦人決定當葉羅的媽媽，
葉羅從此有了喜愛他的家人。

007

葉羅在充滿關愛的家庭快樂成長，

抓周、過年……

開心的度過每天、每個節日，

尤其是吃到西瓜的時候！

雖然膚色和別人不一樣，
葉羅跟村子裡的人們都相處得很好。

由於葉羅害怕鞭炮，
因此，
扣除掉節日常放的鞭炮，
葉羅很喜歡自己的生活。

一天早上，鬼怪部落的赤鬼跟青鬼來調查村子，
他們發現村子的大人早上要忙農務而沒人守門，
這是一個襲擊的絕佳好機會。

赤鬼和青鬼下定決心要襲擊村子，
又意外發現到葉羅的存在，
決定去勸誘他當內應，
好讓襲擊更順利。

赤鬼和青鬼接觸了葉羅。

赤鬼先說：
「你跟我一樣有著可以刺傷人類的尖角，
所以你是鬼怪，鬼怪都討厭人類的。」

青鬼接著說：

「你跟我一樣有著可以咬傷人類的利牙，所以你是鬼怪，鬼怪都討厭人類的。」

赤鬼要葉羅隔天早上趁沒大人守門時偷開村門，以讓他的鬼怪部隊能輕易襲擊村子，並要葉羅在今日傍晚給他答案。

葉羅得知自己是應該要討厭人類的鬼怪後，

既難過，又不知道該怎麼辦，

決定走到森林深處請示最有智慧的神木爺爺。

神木爺爺只回答說：「葉羅就是葉羅。」

葉羅心想：
「是啊！不管我是不是鬼怪，
我都是村子裡的葉羅，
我要保護我最喜歡的村子！」

葉羅認為要順利保護村子必須知己知彼，
希望能更瞭解鬼怪，
因此透過擅長索敵的山獸神引導，
來到了鬼怪部落。

葉蘿發現到，
並不是所有的鬼怪都想跟赤鬼與青鬼一起襲擊人類。

明白鬼怪們想法後的葉羅回到了村子，
他把事情都告訴父母，
並且表示他有辦法保護村子，
請父母帶他去見村長。

葉羅把退敵的計畫告訴村長，
村長覺得計畫很好而且會成功，
並且會要求村裡的人配合葉羅的計畫。

028

傍晚，赤鬼來到村子外找葉羅。
葉羅假裝答應會幫忙打開村子的守門。

隔天早上，村民們依照葉羅的計畫，
先躲在村外道路的兩旁草叢中，
等待鬼怪部隊來臨。

沒過多久，
果真看見鬼怪部隊來襲擊村子了！

當鬼怪靠近後，
村民紛紛從草叢冒出來放鞭炮！
鬼怪們都被鞭炮聲給嚇跑或走不動了！

032

之後，
村民們拿西瓜去安慰走不動的鬼怪，
請他們別再襲擊。

葉羅的計畫很成功，
因為他自己就是最害怕鞭炮和最愛吃西瓜，
村長曾跟葉羅說過這些都是鬼怪的習性。

後來，葉羅在人類村子生活很快樂的事情，
在鬼怪們之間流傳開來。

嚮往人類生活方式的鬼怪紛紛前來村子申請移居。

在擁有各種能力的鬼怪們加入後，
這個村子也變得越來越繁榮了！

作者的話

　　讀者朋友好，這是我的第四本著作，本作是我邊工作邊育兒慢慢完成的，一年半來的製作時間雖然忙碌但也很愉快，很開心本作有幸與你見面。

　　以前讀《桃太郎》時，我就在想，若老太太是撿到鬼怪而不是人類，結果又會是如何呢？或許我可以來試著以此為靈感進行創作，不過，我尚未想到要讓作品承載什麼理念，一直到了兒子樂謙的出生。

　　有了樂謙後，我發現我最想讓他知道的事情之一，並非各個未來都有可能被科技所取代的技藝，而是尊重與包容的課題。遠的來說，科技未來將會打破語言、空間及時間的隔閡，但是各種文化仍需要透過尊重與包容去理解，有助於你與世界各國的人合作、不容易冒犯到不同文化的人，因此，我希望樂謙能夠培養這樣的能力以幫助他自己的未來。

　　近的來說，我們在團體生活中，多少都會遇到多數人都同意你，但卻會有少數一、兩個人反對你的想法的狀況，或者是，你說／做者無意，但

聽／看者產生負面想法的情況，往往不知不覺就得罪人了！年輕時，或許我會因此與人爭執、討厭那些想法與我很不一樣的人，但隨著見識的人與閱讀的作品越來越多，我慢慢的理解到，很多時候並不是你不好或是你有錯，而是世上一定會有不尊重或不包容你的人存在罷了，他們是帶著有色眼光／思想去看待你的言行舉止，因此，其實你不需要太放在心上的，尊重、然後包容，便可輕易放下它，之後自己的心輕快無比！

　　本作期盼藉不同的種族所產生的矛盾來探討尊重與包容，希望讀者朋友你會喜歡。最後，很幸運能遇到很棒的編輯團隊以讓本書能順利付梓，讓我的文字更貼近讀者且版面更容易閱讀，感謝姚芳慈編輯專業的內容指導與企劃安排、許乃文編輯的細心協助、周妤靜美編的排版美化、蔡瑋筠美編的優化封面、給年輕作家舞臺的秀威資訊出版社團隊、總是在背後支持與幫助我的愛妻筱君、父母、岳父母、師長們、親友們，以及關注我的讀者朋友們，謝謝你們！

兒童・童話05　PG2520

人類村子的小鬼怪葉羅

圖・文／姚念廣
責任編輯／姚芳慈
圖文排版／周妤靜
封面設計／蔡瑋筠

出版策劃／秀威少年
製作發行／秀威資訊科技股份有限公司
114 台北市內湖區瑞光路76巷65號1樓
電話：+886-2-2796-3638
傳真：+886-2-2796-1377
服務信箱：service@showwe.com.tw
http://www.showwe.com.tw

郵政劃撥／19563868
戶名：秀威資訊科技股份有限公司
展售門市／國家書店【松江門市】
104 台北市中山區松江路209號1樓
電話：+886-2-2518-0207
傳真：+886-2-2518-0778

網路訂購／秀威網路書店：https://store.showwe.tw
　　　　　國家網路書店：https://www.govbooks.com.tw
法律顧問／毛國樑　律師

總經銷／聯寶國際文化事業有限公司
地址：221新北市汐止區康寧街169巷27號8樓
電話：+886-2-2695-4083
傳真：+886-2-2695-4087

出版日期／2021年8月　BOD一版　定價／200元
ISBN／978-986-99614-6-2

讀者回函卡

秀威少年
SHOWWE YOUNG

國家圖書館出版品預行編目

人類村子的小鬼怪葉羅/姚念廣圖.文. -- 一版. -- 臺
北市：秀威少年, 2021.08
　　面；　公分. -- (兒童.童話 ; 5)
　　BOD版
　　ISBN 978-986-99614-6-2(平裝)

863.599　　　　　　　　　　　　110009367